해월, 길노래

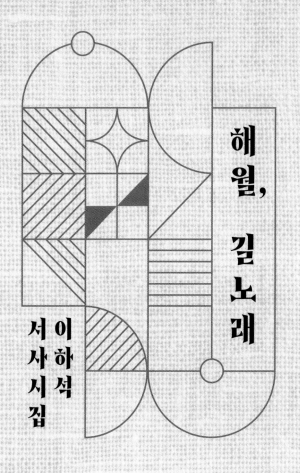

해월, 길노래

이하석

서사시집

한티재

차례

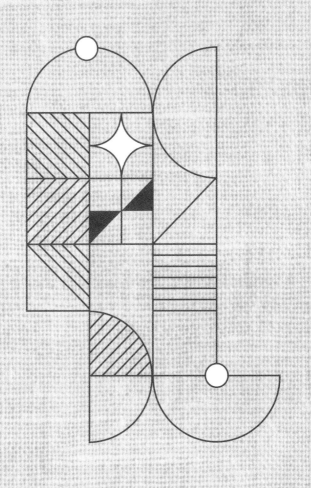

서시

선 바다 가라앉은 돌
달빛이 어루만지네

돌은 눈 떠서 높은 수면을 노래하네

구르네, 바닥 구르네
달빛 어룽진 채
떠오르네

소년기

종천지통終天之痛* 떠돌이
사방으로 놓여났네
어린 누이와 친척집으로 머슴으로

그 길에 절로 이어져
천지간의 길 엮었네

* 이 세상에 더할 수 없이 큰 슬픔. '부모를 여읨'을 뜻하기도.

터일 마을

종이 만드는 일로 젖히고 펴면서
생계 이어 냈네 이치 촘촘하니 깨쳤네
마음은 구름을 부는 바람으로 펄럭였네

검곡

산간오지도 그에겐
세상 향한 문간이었네

깊고 먼 골짜기 밭고랑 일구어서

그 고랑 구불구불한 뭇 길들과 이었네

문간에서

세계가 그를 불렀을까 스스로 자신을
더 들은 걸까 두리번거리는 것이네
설레며 겨울 문간서 봄 되려 내다보며

도통

검곡~구미산 산길 열어
수운과 이었네

단전밀부單傳密符*는 검은 바다의 달빛 그물

이후로 그의 생애는
파도 낚는 어부였네

* 동학 도통 전수의 내밀한 의식.

고비원주 高飛遠走*

전생至生을 불어 제켜 백두대간 타는
바람

모든 길들 서로서로 얽히고 설켜도

도망길
꽃가지마냥
바람 속 환히 틔우네

* 수운이 대구 감옥에서 해월에게 준 쪽지에 쓴 글. '높이 날아서 멀리
달아나라'라는 뜻으로, 성을 나가는 즉시 도망가라는 당부를 담았다.

지명수배

태백 준령 고스란히 깊고도 찬 그늘

뒤쫓는 관군들에 오지를 더 가려서

꼭꼭꼭 숨겨서 받든 꽃의 말씀과 마음들

칼춤*

칼날 위 칼춤이여
얼쑤
세상 가르네

도망길마저
칼춤의 상승 보폭으로 이어지네

바람에 풀들 벼려 든
무지개의 신명이여

* 최제우가 창안한 춤. 검결(劍訣). 동학 초기에 종교적 행위로 전수되기도 했다.

사랑 노래

시절이 하수상해 도망길이 지름길

그리움 막무가내 감돌아선 되감기네

쫓긴 채 되돌아와선 또 내닫는 사랑이여

산길

가네 가네 산 첩첩 가시덤불 우거져도
뚜벅뚜벅 헤쳐서 도의 길 열어 가네

이월의 시금치밭같이
파릇파릇 돋는 길

한울 1

한울은 제 속의 뜨뜻한 군불이라서
몸과 맘 밝게 지피는 게 바른 삶이라네

한울 나 합일이기에 사인여천事人如天* 당연하네

* 사람을 하늘처럼 섬기라는 해월 사상의 핵심 되는 말.

개벽

천지조화 무궁한 우주의 영들이여
세상 것들 사람들 모두 다 거룩하니
모시고 잘 섬기라네 그게 개벽이라고

한울 기운

공경하란다 저 수천 날짐승들 날갯짓
섬기란다 이 수만의 벌레들 꼬물거림
이 모든 한울의 기운 어울려서 산다고

생명

한 포기 풀도 나무도 무단히 해치지 말라네
만물을 소중히 여기지 못하는 이는
사람을 존중 않음에 다름이 아니라고

밥 1

오셨소?
내려 놓고 밥상부터 받으소
구절양장 밟아 왔으니 얼마나 허기진가
앞날이 만 리 길이니 배부터 채우소

밥 2

거룩할손 밥 한 그릇
이 뜨신 훈김이여
우리 모두 밥 의지해 태어난 것 아니냐
으랏차 한울님들아 같이 한술 뜨시게나

밥 3

밥 한 그릇 정성껏 받드는 그런 도여
뭐든 우주 만물과 더불어 버무려져
만유가 그 밥심으로 얽히고 우거지네

한울 2

그래, 그렇지 사람이 한울님이라네

여기에 한울님이 모 심고 계신다네

우리의 한울 며느님 밥 짓고 계신다네

도

맘 잘 먹고 기 살리고 밥도 잘 먹자
그러면 된 거지 원만 대도 이룬 거지
비로소 태평천국이 이루어지는 거지

일

도망 중에도 한순간 일손을 놓지 않네
새끼 꼬고 나무 심고 밭 갈고 물꼬 트네
그러네 언제 한울님이 쉬는 걸 봤느냐며

최보따리

보따리로 전전했네 머슴으로 일관했네
일하는 사람이 바로 한울님이라고
기어이 한울님 일을 맡은 머슴 교주라네

피신

평해에선 짚신 엮는 일에도 골몰하고

죽변 거쳐 영양 용화 산간 마을로

역유여力有餘* 재 속의 불씨 감싸고 지펴 냈네

* 대구 감옥에서 수운이 해월에게 써 준 유시중의 말. '힘이 남아 있으므로'의 뜻으로, 이는 해월을 의미하기도 하고, 뒷날 도가 펼쳐질 것이라는 의미도 들어 있다.

홍해 설법

천연天然의 화기和氣는 평등 속에 있네
양천주여 우리 몸에 한울님 기룸이여
서로가 한울님이니 높고 낮음 없다네

태백산

바위틈에 초막 짓고 나무 열매로 연명하네
헐벗음과 굶주림보다 자책이 더 커서
절벽서 떨어져 죽을 생각마저 지쳤다네

길

고샅길 빠져나와 구절^{九折}구절 묏길로
뒷길도 밝히고 앞길조차 감추며
가시네 보따리 할배
큰일 내려 가시네

길노래

가는 길 돌아보니 날 구름 속 구비구비

수풀길 서걱서걱 돌길은 우툴두툴

산그늘 삭여 가면서 고갯길을 넘기네

봄길

산마다 꽃길이어서 님 모습 떠오르네
산 너머 너머에서 날 기다리는 이 계셔도
세상의 눈초리 매워 아하 지름길로 못 가네

뒷길

낮디 낮은, 매듭 많은 세상사 뒷길이여
푸나무 길섶 무성해도 서로 열어 부르는
호응의 굽이굽이들 만나서야 파도치는

직동 마을

사방 산인 막장 마을 눈이 다 덮어 주네
그 속 사무친 기도로 새 기운 차리네
우묵눌愚默訥* 수행의 힘이 천지를 지킨다네

* 해월이 강조한 수행 태도. '우'는 우직, '묵'은 교언(巧言)의 반대말,
'눌'은 현언(衒言)의 반대말이다.

적조암

사십구일 기도여 주문으로 이어지네
하루 3만 독씩 읽어 믿음을 다지네
내 안의 한울님 불러 영부靈符*를 그리네

* 동학의 대표적인 부적. '수운이 한울로부터 영부와 주문을 받고'라는
  말이 있다.

청수 淸水

청수 한 그릇*이여 맑은 우주로 수련대네
이것으로 기리는 마음 다하는 거라고
혼백이 구천이 아닌 내 속에 있기 때문이라고

* 청수 한 그릇만으로 제례를 지낸다는 해월의 말이 『천도교서』에 기록
되어 있다.

향아설위向我設位*

살아 있는 스스로에게 먼저 절하라네
살아 있는 지금에 한 상 정히 차리라고
제사는 죽은 이보다 산 생명 받드는 거라고

* 해월이 권한 동학의 제사법. 제사상을 벽을 향해 차리지 않고 '나'를
  향해 차리는 것을 이르는 말.

용시용활 用時用活*

도는 높은 곳 아니라 일상 삶 속에 있다네
수시로 잘 쓰고 가꾸어야 한다네
바르면
함이 없어도 절로 되는 거라고

* 때를 살려서 쓰라는 해월의 가르침.

구송 口誦

수운의 가르침 낱낱이 구송하여
제자들 또박또박 받아쓰게 하네
그 교시 차곡차곡히 보따리로 여몄느니

간행

인제 갑둔리서 『동경대전』 찍었네
단양 샘골서 『용담유사』 펴냈네
비로소 교단의 기틀 촘촘히 엮어 냈네

도원기서*

정선의 수단소^{修單所}가 큰 빛을 빚어내니
물은 넓고 구름 담담하도다**
이로써 동학의 줄기 곧추 맞게 잡혔네

이천식천 ^{以天食天}*

옳고 그름, 높고 낮음 한통속으로 꿰이나니
한울로써 한울 먹고, 기운으로 기운을 먹네

들입다 마당 밟고 가는 청^青소나기의 진행이여

* 해월은 설교에서 "천지만물이 모두 한울을 모시고 있다. 그러므로 이
천식천은 우주의 상리(常理)이다"라고 했다.

자리 펴다

호남의 사자암, 호서의 가섭사
교세 가름하고 기도로 소통했네
강서로 주문 받들고 육임제로 얽어 짰네

윗왕실*

막히고 통함이 거푸 묘한 곳이라
충청 전라 경상 삼남 일대로 열어젖혀
새 기운 교조 신원 운동 치달아 올렸네

* 상주의 해발 400미터 산간에 자리한 마을. 해월은 1892년경에 이곳에
서 삼남 일대를 포교하며 수운의 신원 운동을 전개했다.

남원 은적암

스승의 유훈 따르는 혁명의 발아 자리

교룡산 칼노래여, 덩더쿵 흥 날시고
연달아 모여든 이들 서로 불러 춤추네

보은 취회

통유문에 수만의 교도들 모여들어
척왜양창의 斥倭洋倡義 들고 돌성마저 쌓았네
동학의 바른 길 트네 포덕천하 광제창생

백산

일냈네 일어났네 앉으면 죽산竹山 서면 백산白山*
사발통문 돌리고 결속 또 결속하여
새 세상 함께 누비려 한결 도드라졌네

* '농민군이 앉으면 손에는 죽창만 보이고, 다시 일어서면 흰옷 입은 사람들만 보인다'는 뜻(백산 일대 농민 봉기 때의 유행어).

전봉준에게

신중하라 그래, 마음 잦히지 마라
이제사 기운이 도래한 듯하니
스승의 원한을 풀고 우리 도道 근원 이루라

봉기

개혁이여 펄펄 끓는 민중의 꿈이여
불의의 장애들 쳐서 뚫어 냄이여
센 불의 저항이 피운 후천의 세계여

우금치

또릿또릿 들꽃들 무참히 짓밟히네
끝내 일본군 관군 민보군의 잔혹이여
안간힘 제대로 떨쳐 피었다 진 영감靈感의 땅

원주 송골

측근들 내보내고 혼자서 맞았네
단정히 앉아서 의연히 잡혔네
스승이 그러했듯이 끝내 흐트러지지 않았네

피체노정

원주 송골 – 묵계나루 – 문막 – 섬강 개나루 – 여주
나루 – 여주 옥사 – 두모포 – 한강진

끌려온,
되레 당당한 민족의 길목들

처형

쫓기고 쫓기고 쫓기고 또 쫓겨도
우리 삶 한복판의 마당놀이 안 벗어나

이 마당 한복판에서
꽃처럼
떨어지네

원적산 천덕봉

교형絞刑 후 비 쏟아지는 데로 내버려져
제자들이 수습하여 풀씨인 양 똑똑히 묻었네

위대한 도망길 끝에 타는 듯
돋는 풀꽃들

달

팽창하는 구름 속 더욱 둥두렷하니

먹 어둠 일렁일렁 달빛 스민 난바다

도대불 약여躍如하여서
한결 파도에 휘영청

해월

그는 늘 있네 여전히 가고 오네
산과 들길에

오일장 길모퉁이에
그림자조차 숨기며

사랑 빛 애련 붉어라 불현듯 드러내네

자취

꿈에 뒤척대다 일어나 보니
온통 눈 덮인 산천

내 집 문간 서성대다 간 발자국 아직 선명하네

온몸을 꾹꾹 눌러 놓은 애절한 저 낙관들

다시 한길로

도바리로, 여전히 최보따리로 흐르는
고난 광휘의 물물천物物天 사사천事事天*의 길

이 길로 분단 꿰매어
후천 한마당 펴세

* "물건마다 한울님을 모시고 있고, 하는 일마다 한울님 일 아님이 없
다"라는 해월의 법설.

'해월, 길노래'에 부쳐

윤석산

(시인, 한양대 명예교수)

1

이하석 시인께서 해월 최시형 선생의 삶과 사유를 시조의 형식에 담아 서사적인 구성 아래 시집을 엮는다고 한다. 동학을 공부하는 사람으로서 기쁘지 않을 수 없다. 언젠가 이하석 시인이 쓴 동학에 관한 시를 읽은 적도 있고, 또 이번의 시들을 읽으며, 이하석 시인이 동학에 관심을 지닌 지가 오래임을 느낄 수 있었다.

해월 선생은 어린 시절 부모를 여의고, 흥해, 신광

등지를 떠돌며 머슴살이도 하고, 제지소 심부름꾼 노릇도 하며 힘들게 살아갔다. 이런 떠돌이 삶을 살아가던 신유년辛酉年(1861년) 6월, 경주 용담에서 수운 최제우라는 사람이 새로운 가르침을 편다는 소문을 듣고 수운 선생이 있는 경주 용담으로 찾아가 동학에 입도한다.

동학에 입도한 이후 스승인 수운 선생의 가르침에 따라 지극한 수련에 임하였고, 입도한 지 불과 3년이 되지 않아 스승인 수운 선생으로부터 도통道統을 물려받아 동학의 2세 교주가 되었다. 그 후 수운 선생이 조선조 조정에 의하여 참형을 당하여 동학 교단은 풍비박산이 났고, 해월 선생은 관의 추적을 피해 태백산맥과 소백산맥이 어우러지는 강원도, 경상도, 충청도 산간 마을 50여 군데를 전전하며 살아갔다.

그러나 그는 다만 추적을 피해 도망만 다닌 것은 아니었다. 가는 곳마다 가르침의 말씀을 폈고, 괴멸 상태의 동학 교단을 다시 일으켰다. 그가 산간 오지를 헤매면서 펼쳐 보였던 삶의 모습, 또는 그가 세상을 향해 펼친 가르침의 말씀들은 수많은 사람들의 마음을 움직였다. 그 마음의 움직임은 당시 소외된 사람들로 하여금 삶의 새로운 희망을 갖게 하였고, 해월 선생을 따르는 사람들이 되게 하였다. 그런가 하면, 그의 가르침은 그들로 하여금 한국 근대사라는 한 격동의 역사 속을 헤쳐 나가는 주체로 떠오르게 하는 원동력이 되기도 했다.

또한 해월 선생은 흩어진 동학 교도들을 모아들였을 뿐만 아니라, 그 힘을 휘몰아 척양척왜斥洋斥倭와 함께 교조 신원 운동教祖伸寃運動을 펼쳤고, 갑오동학혁명 등을 주도함으로써, 한국의 근대 형성기에 매우 중요한 역할을 한 인물로 역사 속에 자리하게 되었다.

그런가 하면, 그가 펼친 가르침의 말씀들은 오늘에도 매우 유용한, 현대가 지닌 위기를 극복할 수 있는 대안으로 오늘의 많은 지성들에 의하여 논의되고 있다. 해월 선생이 지난至難한 삶을 헤치며 펼친 가르침은 과거와 현재의 속박을 떨쳐 내고 떠오르는, 새로움을 향한 열망이었으며, 지금도 끊임없이 펼쳐지는 신선한 에너지이다.

2

19세기 중반, 사회적 혼란과 정치적 부패, 경제적 어려움이 만연한 조선조 후기에, 가장 소외된 계층의 한 사람으로 빈곤과 억압 속에서 성장하고 또 살아가던 한 인물이 역사의 중심인물로 그 삶을 전환하게 되었던 가장 구체적인 계기는 무엇인가. 이는 다름 아니라 해월 선생이 스승인 수운 선생을 만나게 되었고, 스승인 수운 선생으로부터 '동학'이라는 가르침을 받았다는 사실이다.

해월 선생은 어느 면에서 그 시대의 하층민으로 내일에의 아무러한 희망조차도 갖지 못했던 사람이다. 그러나 수운 선생을 만나게 되었고, 수운 선생으로부터 가르침을 받고 난 이후, 새로운 눈으로 세상을 바라보게 되었다. 나아가 세상을 새로운 차원으로 이끌고자 자신의 신념을 새롭게 했고, 또 이를 실천해 나갔다. 그리하여 마침내는 한국 근대사 속 우뚝한 한 사람의 민중 지도자로, 나아가 한 사람의 위대한 사상가로 자리하게 되었다. 따라서 해월 선생에게 있어 수운 선생을 통한 동학이라는 가르침과의

만남은 그의 삶을 전환시킨 가장 중요한 계기가 아
닐 수 없다.

대부분의 종교와 철학 및 문학에서 일어나는 창조
는 '만남'의 순간에 배태된다. 이 '만남'은 저항할 수
없는 매혹으로 다가와 그것이 미래의 삶을 위한 것
이었음을 알려 준다. 해월 선생에게 있어 수운 선생
과의 만남은 감격의 잔잔한 기쁨이었고, 새로운 삶
의 차원으로 몰아간 느닷없는 생기生起였다. 이렇듯
해월 선생으로 하여금 새로운 차원의 삶을 열게 했
던 수운 선생은 해월 선생에게 있어, 인격적 경이로
움을 준 '성인'聖人이었다. 그러므로 스승인 수운 선
생의 가르침을 눈을 감는 그 순간까지 결코 잊을 수
없다고 고백하듯 술회하고 있다. 해월 선생은 스승
인 수운 선생을 만난 감회를 이렇게 적고 있다.

　내가 젊었을 때 스스로 생각하기를 옛날 성현은
　뜻이 특별히 남다른 표준이 있으리라 하였더니, 한
　번 대선생大先生을 뵈옵고 마음공부를 한 뒤부터는,
　비로소 별다른 사람이 아니요 다만 마음을 정하고
　정하지 못하는 데 있는 것인 줄 알았노라.

대선생인 수운 선생을 만나 마음공부를 한 이후 해월 선생은 지금까지 자신을 지배해 왔던 '봉건적 인간 관념'을 벗어 버린다. 사람이 태어날 때, 성현聖賢은 성현의 자질을, 우부愚夫는 우부의 자질을 지니고 태어나는 것이 아니라, 성현이 되고 우부가 되는 것은 다름 아닌 마음을 정하느냐, 정하지 못하느냐에 있음을 깊이 체득하게 되었다.

수운 선생과의 만남은 당시 소외받는 하층민의 한 사람인 해월 선생으로 하여금, 자신과 같은 빈천의 하층민도 일컫는바 '성현'이라는 새로운 차원의 삶을 스스로 이룩할 수 있다는 희망을 갖게 하는 중요한 계기가 되었다. 그리하여 해월 선생은 평생을 성현의 삶을 살고자 노력했고, 또 세상을 향해 세상의 모든 사람들이 한울님 마음을 회복하여 성현의 삶을 살아야 함을 가르쳤다. 나아가 이러한 삶의 공동체야말로 동학이 지향하는 진정한 동귀일체同歸一體의 세상을 이룰 수 있다고 굳게 믿었다.

이와 같은 굳은 신념은, 35년이라는 장구한 세월

동안 산간 오지를 전전하는 힘들고 고단한 피신의 삶으로 이끌 수 있었고, 세상을 향해 '새로운 삶과 새로운 세상'을 이룩하고자 가르침을 펴는 '동학 선생으로서의 삶'을 견지하게 했던, 참으로 놀라운 힘이 되었다. 이는 바로 해월 선생의 전 생애를 이끈 원동력이 되었던 것이다.

3

해월 선생이 비록 도통을 물려받은 동학의 2세 교주라고 해도, 관의 추적을 받으며 쫓기던 시절의 그는 다만 힘없고 가난한 중년의 한 남자요, 산간 오지에 자신의 몸 하나 숨기기에 급급한 처지에 놓여 있던 지명수배자에 불과했다.

해월 선생은 구체적으로 조선조 조정으로부터 35년 동안 세 번의 집중적인 지명수배령을 받았다. 첫 번째는 수운 선생의 체포에 이어, 동학의 뿌리를 뽑기 위하여 조선조 조정에서 내린, 동학의 중요 지도자들에게 내린 체포령이었다. 두 번째 수배령은

'이필제李弼濟에 의한 영해의거寧海義擧'와의 연루로 인한 체포령이었다. 세 번째는 교조 신원 운동과 갑오동학운동을 이끈 수괴首魁로서의 지명수배가 그것이다.

지명수배의 추적을 받으면서도, 해월 선생은 '새로운 차원의 세상'을 이룩할 수 있다는 믿음을 지니고 고난의 삶을 헤쳐 나갔다. '새로운 차원의 세상', 곧 '다시 개벽'을 이룰 수 있다는 믿음이 바로 고난의 삶을 헤쳐 나갈 수 있게 한 원천적인 힘이었다.

동학에서의 '다시 개벽'은 모심과 섬김을 통한 '마음의 개벽', '사회의 개벽', 그리고 천리와 인사의 부합을 통한 '우주 개벽'을 말한다. '마음의 개벽', '사회의 개벽', 그리고 '우주 개벽'이란 궁극적으로 우주적 생명의 가치를 깨닫고, 이 깨달음을 통해 진정한 생명의 가치를 인류의 삶 속에서 실현해 나가는 것을 의미한다. 즉 진정한 생명에의 가치를 깨달음으로 해서, '만유萬有와 더불어 조화와 균형을 이루며 살아가는 것'이 바로 동학에서의 '다시 개벽'이다.

또한 동학에서 말하고 있는 '성현'이란 한울님 모신 사람으로 거듭 태어남으로 해서, '한울사람'으로서의 삶을 살아감을 의미한다. 해월 선생은 일찍이 수운 선생을 만나 그의 가르침을 받았다. 이때의 가르침이란 단순히 문자와 문자를 통한 가르침이 아니었다. '영적靈的 세계의 체험'을 통한 가르침이 된다.

잘 알려진 바와 같이 수운 선생은 경신년(1860년) 4월 '궁극적 실체인 한울님'을 만나고 가르침을 받는 결정적인 종교체험을 한다. 이러한 종교체험을 통해 한울님으로부터 계시를 받고, 만유를 화생化生하고 또 생성시키는 근원적인 힘, 즉 '혼원지기混元之氣에 의한 생명의 원리'를 깨닫게 되었다. 즉 만유는 우주적 영靈에 뿌리를 두고 있으므로 그 존재가 무궁하다는 무궁성과 함께, 궁극적으로 만유는 개체이면서도 동시에 이 무궁한 우주와 하나라는 진리이다. 수운 선생은 이러한 결정적인 종교체험과 함께 지금까지 자신을 둘러싸고 있던 관념적인 모든 테두리를 해체하고, 무궁한 우주와 더불어 무궁한 존재로 새롭게 태어나게 됨을 스스로 체득하게 되었다.

해월 선생이 스승인 수운 선생으로부터 받은 가르침이란 바로 시천주侍天主의 '모심'을 통해 무궁한 우주와 더불어 무궁한 존재, 곧 한울사람으로서의 삶을 살아갈 수 있다는 사실이었다. 그런가 하면, 한울 사람으로서의 삶이란 자신 하나만의 삶이 아니라, 만유 모두가 궁극적으로 우주의 무궁함에 뿌리를 둔 개체이자 전체, 그러므로 이 모두를 '한울'로서 경건하게 존중해야 한다는 사실이었다. 이와 같은 스승의 가르침을 해월은 체화하고 또 실천하기 위하여 스승의 지도를 받아 '마음공부'에 전념하였다.

마음공부를 통해 해월 선생이 터득했고 또 지향했던 '올바른 삶의 가치'란, 결국 모든 생명이 생명으로서 그 가치를 지니며, 동시에 이 생명, 생명 모두가 우주적 조화를 이루는 삶을 이룩해야 한다는 당위성에 바탕을 둔 것이었다. 그러므로 기본적인 인간성마저 상실한 채 소외당하는 삶을 사는 당시 민중들의 삶은 해월 선생에게 있어 우주적 질서와 그 조화에 어긋나는 삶이 아닐 수 없었다.

이에 해월 선생은 "세상 사람들은 모두 그 본성에 한울님을 모시고 있으므로, 본질적인 면에서 모두가 평등하며, 그러한 면에서 모두가 존중받아야 한다"는 수운 선생의 가르침인 '시천주'를 이어, "세상의 모든 사람, 소위 일컫는바 천한 사람이나 귀한 사람 모두 한울님같이 대하고 섬겨야 한다"는 '사인여천'事人如天의 윤리를 세상에 천명하였고, 이를 실생활 속에서 실천해 나가고자 노력했다. 가장 기본적인 인간성마저 상실당한 당시의 소외된 사람들에게, 해월 선생이 펼쳐 나간 '사인여천의 윤리', 이는 단순한 휴머니즘의 차원이 아닌, 우주적 차원에서 펼치게 되는 새로운 인간주의, 즉 생명주의의 실현이라고 할 수 있다.

해월 선생은 당시의 억압된 인간 삶의 문제를 어떠한 제도의 변혁을 통해 해결하려고 하지 않고, 인류사적인 면에서 반성하고, 또 우주적인 차원에서 해결하고자 고뇌했던 인물이었다. 따라서 바로 이와 같은 해월 선생의 모습에서 제도의 변혁을 통해 사회를 혁신시키려는 '혁명가'의 모습이 아닌, 인간 본연의 문제를 통해 새로운 질서의 삶을 이룩하고자 하는 '신앙인', 또는 '사상가'의 면모를 발견하게 된다.

해월 선생은 태백의 준령과 소백의 깊고 깊은 산간 마을도 마다하지 않고 숨어 사는 그 고통을 감내하였으며, 새로운 삶의 가치를 이 지상에 현현하고자 끊이지 않는 노력을 펼쳐 나갔다. 즉 해월 선생은 죽음과 고난의 시간을 넘나들며 만유와 더불어 조화와 균형을 이루는 새로운 세상, 즉 '다시 개벽'을 이룩하고자 했던 '동학 선생'이었다.

4

동학 선생으로서 해월 선생은 산간의 수많은 지역을 전전하면서도 지속적으로 '가르침의 말씀', 곧 법설法說을 펼쳤다. 해월 선생이 펼친 많은 법설들은 태백의 준령, 그 산간 오지의 자연 속에서, 산간 마을의 사람들과 함께 고통과 기쁨을 나누며 어울려 살면서, 이들의 삶 속에서 스스로 터득한 깨달음이 그 대부분이 된다. 그러므로 오늘 남겨진 해월 선생의 법설들을 읽어 보면, 이는 결코 어렵거나 난해하지 않다. 해월 선생 스스로의 생활과 해월 선생이 바라다본 자연이 그대로 그의 법설에 들어와 있기 때문이다.

"도道에 대한 한결같은 생각은 주릴 때 밥 생각하

듯이, 추울 때 옷 생각하듯이, 목마를 때에 물 생각하듯이 하라"는 말씀은 곧 산간을 전전하면서, 배를 움켜쥐는 굶주림과 살을 에는 추위, 그리고 목마름 속에서도 바른 도를 잊지 않았던, 해월 선생의 절절한 경험의 표현이라고 할 수 있다.

또한 "밥 한 그릇에 모든 세상의 이치가 담겨 있다"는, 그 유명한 해월 선생의 '밥 철학'은 우리가 아침저녁으로 '밥을 먹는다'는 매우 평범한 일상사를 말하고 있지만, 이에는 한 치 한순간도 어긋나지 않는 우주 대자연의 운행과 보이지 않는 수많은 미물 곤충들의 협동, 그리고 숭고한 인간의 노동이 어우러지는, 그러한 '우주의 진리'가 담겨 있음을 역설한 가르침이다.

매일같이 먹고 잠을 잔다는 그 평범한 일상의 삶 속에 이와 같이 엄청난 우주의 뜻이 담겨 있음을 해월 선생은 그가 겪은 삶을 통해 깨닫고, 또 이 깨달음을 자신과 함께 산속 마을에서 어우러져 살고 있는 그 사람들에게 일깨워 주곤 했다. 그래서 해월 선생은 "'도'라는 것은 지고한 높고 먼 곳에 있는 것이 아니다. 일용행사日用行事 모두가 도 아님이 없다"는,

평범한 일상의 삶 속에 진정한 도가 담겨 있음을 입버릇처럼 강조했다.

그런가 하면, 한 가정의 구성원을 이루고 있는 며느리에서 어린아이까지 모두 자신이 펴고자 하는 도를 설명하는 대상으로 삼았다. 해월 선생은, 사람이 하루하루 생활 속에 행하는 일 그 자체가 바로 한울님〔事事天〕이요, 사람이 생활 속에서 매일같이 만나고 또 사용하는 사물이 곧 한울님〔物物天〕이라고 설파함으로써, 도를 일상의 차원에서 해석하고 또 설명하고 있다.

해월 선생은 이렇듯 '도의 생활화'를 통해 당시 새로운 변혁을 꿈꾸던 민중들의 가슴에 깊이 '가르침의 뿌리'를 내릴 수 있었다. 그리하여 해월 선생은 자연 이들 민중들로부터 가르침을 펴는 '동학 선생'이 되었고, 이러한 해월 선생의 가르침은 이들로 하여금 스스로 마음을 움직이게 하여, 선생의 가르침에 따라 동학이라는 신앙운동에 참여하고 또 결속을 이루는 구심점이 되었다.

특히 산속에 숨어 살면서, 비록 무심히 자라는 한 포기의 풀과 한 그루의 나무, 또 한 뙈기의 땅이라고 해도 모두 한울님의 덕화德化에 의한 소중한 존재라는 것을 몸소 깨닫게 되었다. 하늘에 떠 있는 '해와 달', 그리고 숲속에서 우는 '새소리' 등, 자신이 만나고 경험한 일상의 모든 것 역시 한울님 덕화에 의한 것이요, 그러므로 이들 역시 자신의 도를 펴는 대상으로 삼은 것이다.

이와 같은 생각에 의하여, 해월 선생은 "사람만이 오직 먹고 입는 것이 아니라, 해와 달을 비롯한 만유 역시 먹고 입는다"라고 하여, 만유라는 사물과 우주와 또 사람과의 유기적 필연성을 설파하기도 했다. 또 "숲속에서 우는 새소리 역시 한울님을 모시고 있다"는 가르침을 통해, 천지 만물 모두 한울님을 모신 존재임을 강조하기도 했다. 그런가 하면, 이 우주에는 한울님의 기운이 가득 차 있으므로 한 걸음이라도 경솔하게 내딛으면 안 된다고 가르치고 있다. 비록 우리가 밟고 다니는 땅이라고 하여도 함부로 뛰지 말며, 더러운 것을 함부로 땅에 버리지 말라고 가르쳤다.

해월 선생이 지녔던 천지만물에 대한 생각은 실상 최고의 깨달음의 경지에 이르렀음을 보여 주는 모습이기도 하다. 높은 깨달음의 경지에 이른 사람만이 지니게 되는 '나와 만물이 하나 된 상태'를 해월 선생은 지니고 있었다. 풀벌레도 날짐승도 나뭇가지 하나도 모두 각기 명命이 있으므로 나의 목숨과도 같이 소중하다고 생각할 뿐만 아니라, 어린아이가 나막신을 신고 꽝꽝 소리를 내며 달리는 소리에 가슴을 쓸어내리는, 땅이 느꼈을 그 아픔 역시 똑같이 느끼는, '만물과 하나 됨의 경지'에 이르러 있었다. 이러한 만유와 하나 됨의 경지는 결국 해월 선생이 자기의 자의식을 소멸시키거나 자의식 정도를 마음대로 조절할 수 있는, 매우 높은 종교적인 경지에 이르렀음을 의미한다.

해월 선생의 종교적 경지는 뒷날 다만 한울님이라는 신만을 공경한다는 경천敬天을 넘어, 사람을 공경하는 경인敬人, 만물과 하나 됨을 통해 만물을 아끼고 또 공경하는 경물敬物의 삼경三敬 사상으로 구체화되었다.

나아가, 이러한 종교적 경지를 바탕으로 하는 해월의 가르침은 오늘날 기후위기와 자연환경의 파괴라는 폐해에 직면한 인류에게 매우 소중한 가르침이

되고 있다. 즉 현대에 이르러, 환경 파괴의 심각성과 함께 비로소 제기되고 있는 생태 및 생명의 문제를, 해월 선생은 이미 100년 전에 구체적이며 근원적인 면에서 제기한 것이다.

이와 같은 면에서, 비록 해월 선생은 그 외양상 깊고 깊은 산간 오지를 숨어 다니는, 내놓을 만한 학식도 권력도 없는, 가난하고 볼품없는 한 사내에 불과했지만, 당시의 수많은 소외되고 또 억압받는 계층으로부터 전폭적인 지지를 받았던 진정한 민중의 지도자가 될 수가 있었다. 나아가 이들에게 진정한 삶이 무엇이며, 이를 이끄는 새로운 가치는 어디에 있는가를 알려 준 스승이 되기도 했다. 그런가 하면, 그의 가르침은 21세기라는 현대에 이르러서도, 위기속 인류를 밝히는 등불과 같은 소중한 가르침으로 자리하고 있는 것이다.

이하석 시인의 시집에, 다소 수다스럽게 글을 쓴 듯해서 면구하기도 하다. 그간 동학에 관한 시집은 몇몇 출간이 되었다. 그러나 해월 선생에 관한 시집은 없었다. 본 시집은 해월 선생에 관한 그 첫 번째

출간되는 시집인 만큼, 참으로 의미 있는 시집이 아
닐 수 없다. 시와 함께 해월 선생에게까지 크나큰 빛
이 되기를 바라는 마음 가득하다.

그는 여전히 존재하는 이. 우리 세상 구석을 가고 온다. 속 궁금한 보따리 짊어진 채 떠도는, 그가 오가는 곳이 세상의 '중심'이다. 우리 삶의 한복판을 흐르는 은하. 바다에 찍힌 채 젖지 않고 파도에 일렁이는 달. 들판의 꽃들 흔드는 바람이며, 그 바람으로 여미는 길목. 저잣거리 떠도는 꿈의 걸인. 우리의, 현존하는 과거이자 미래.

나는 자주 불경을 읽고, 종교를 기웃대지만, 그는 종교 이상의 사람. 자주 현실의 안으로 '나'를 부르는 사람. 그러므로 나는 그를 기꺼이 나의 현관 안으로 늘 공손하게 맞아들인다. 오래, 흠모했다. 이 서사는 그 그리움의 정이 맺힌 말이다. 기껍지 않은가, 이 만남은? 그를 통해 내 속 꿈틀대는 질문과 대답으로 흐르는 길을 느낀다. 그 느낌들을 말로 드러냈으니, 나도 천상 길 위의 사람. 그래, 우린 늘 길 위에서 정을 나누는 존재들. 내 그리움은 그리움이 덧나고, 그는 오늘도 나를 흘러간다. 달빛 가득한 홍수여.

이정환, 이종문 형의 조언, 평생 동학 연구에 몰두해 온 윤석산 시인의 고증과 발문이 큰 도움이 됐다. 도서출판 한티재 오은지 대표의 출간 권유가 하찮은 내 말을 드러낼 용기를 주었다. 모두 생광스럽고, 참고맙다는 말을 꼭꼭 적어 둔다.

2023년 10월 4일
이하석

해월 최시형 연보

1827년	4월 16일 경주시 황오동 229번지에서 아버지 최수종과 어머니 월성 배씨 사이에서 외아들로 태어나다. 본관은 경주, 본명은 경상, 아명은 경오.
1832년 5세	어머니 사망. 영일 정씨 계모 밑에서 자라다. 신광면 터일에서 서당 공부하다.
1842년 15세	아버지 사망. 계모는 떠나고, 누이동생과 포항시 신광면에 있는 먼 친척 집에서 더부살이하다.
1844년 17세	신광면 터일 안쪽 울금당 마을 거주. 제지소에 취직, 19세까지 일하다.
1845년 18세	흥해 매곡리 출신 밀양 손씨와 결혼하다.
1854년 27세	신광면 마북동으로 이사, 마을 집강을 맡다.
1859년 32세	마북동 산골 검등골(검곡)로 이사, 화전을 일구다.
1861년 34세	경주 용담정을 찾아가 수운 최제우의 제자가 되다.
1863년 36세	7월 수운으로부터 해월이란 도호를 받고, 북도중주인의 명을 받다. 도통 전수받다.

1864년 37세 3월 3일 대구감영에 수감된 수운을 면담하다. (3월 10일 수운 참형되다.)

1868년 41세 관군의 추적을 피해 영양군 일월산에 숨어 지내다.

1871년 44세 이필제가 동해안 영해부에서 민란을 일으키다. 이후 해월은 강원도 태백산으로 피신하다.

1874년 47세 단양 도솔봉으로 이사하다.

1880년 53세 인제 김현수의 집에 간행소 설치, 『동경대전』 출간하다.

1881년 54세 단양에서 『용담유사』 간행하다.

1883년 56세 공주 가섭사에서 49일 기도하다. 육임제 구상하다.

1888년 61세 전주, 삼례 등지에서 동학도인들을 돌아보다.

1892년 65세 동학교인 수천 명이 삼례에서 최제우에 대한 명예회복과 동학 인정을 요구하는 신원 운동을 전개하다.

1893년 66세 1월 서울 광화문에서 동학교인 수천 명이 임금에게 동학 인정을 호소, 왕의 긍정적인 교시를 받고 해산하다. 4월 동학교도들의 요구가 받아들여지지 않음에 따라 충북 보은에 모여 비폭력 시위를 벌이다.

1894년 67세 1월 10일 청산에서 전봉준 궐기 소식을 듣다.

동학 혁명 발발. 해월은 손병희를 통령(동학군 총사령관)으로 임명, 전라도로 진군하여 전봉준 부대와 합세하다. 우금치 전투에서 일본군과 관군에게 대패하다.

1895년 68세 강원도 산속으로 피신하다.

1897년 70세 손병희로 북접대도주를 삼다.

1898년 71세 4월 원주시 호저면 송골에서 송경인이 이끄는 관군에 체포되다. 6월 서울 한성 감옥에서 교형을 받다. 광화문 밖에 버려진 시신이 제자들에 의해 수습되어 송파의 한 산에 묻혔다가, 1900년 여주 주록리 천덕봉에 안장되다.

해월, 길노래

초판 1쇄 발행 2023년 11월 12일

지은이 이하석
펴낸이 오은지
책임편집 변홍철
표지 디자인 정효진
제작 세걸음

펴낸곳 도서출판 한티재 등록 2010년 4월 12일 제2010-000010호
주소 42087 대구시 수성구 달구벌대로 492길 15
전화 053-743-8368   팩스 053-743-8367
전자우편 hantibooks@gmail.com
블로그 blog.naver.com/hanti_books
한티재 온라인 책창고 hantijae-bookstore.com

ⓒ 이하석 2023
ISBN 979-11-92455-31-0 03810